dtv

Poetische Geisterstunde: Diese schaurig-schöne Balladensammlung präsentiert sowohl literarische Neuentdeckungen als auch Altbekanntes. Goethe, Heine, Eichendorff, Busch und viele andere Dichter lassen uns teilhaben an ihren liedhaften Verserzählungen. Und auch wenn darin gruselige Schicksale berichtet werden, es im Moore wabert und etliche Geister ihr Unwesen treiben: Der Schauder ist auch für zarte Gemüter erträglich.
Illustriert werden die kleinen Meisterwerke durch Scherenschnitte von Franz Graf von Pocci – ein ideales Büchlein zum Verschenken und Behalten.

Der Herausgeber *Walter Hansen* lebt als freier Schriftsteller in München. Seine kulturhistorischen Sach- und Jugendbücher wurden mehrfach ausgezeichnet und übersetzt. Er hat bei dtv bereits zahlreiche erfolgreiche Anthologien herausgegeben.

Schaurig-schöne Balladen

Herausgegeben
von Walter Hansen

Illustriert mit Scherenschnitten
von Franz Graf von Pocci

Deutscher Taschenbuch Verlag

Von Walter Hansen sind
im Deutschen Taschenbuch Verlag erschienen:
Alle Jahre wieder (13711)
Richard Wagner. Biographie (24549)
Richard Wagner. Sein Leben in Bildern (34457)

Originalausgabe
Januar 2010
Deutscher Taschenbuch Verlag GmbH & Co. KG,
München

Umschlagkonzept: Balk & Brumshagen
Umschlaggestaltung unter Verwendung von Illustrationen
von Franz Graf von Pocci
Gesetzt aus der Janson 10/12,25·
Gesamtherstellung: Druckerei C. H. Beck, Nördlingen
Gedruckt auf säurefreiem, chlorfrei gebleichtem Papier
Printed in Germany · ISBN 978-3-423-13841-3

Inhalt

Wilhelm Busch

1832–1908

Es spukt

Abends, wenn die Heimchen singen,
Wenn die Lampe düster schwelt,
Hör' ich gern von Spukedingen,
Was die Tante mir erzählt.

Wie es klopfte in den Wänden,
Wie der alte Schrank geknackt,
Wie es einst mit kalten Händen
Mutter Urschel angepackt,

Wie man oft ein leises Jammern
Grad um Mitternacht gehört,
Oben in den Bodenkammern,
Scheint mir höchst bemerkenswert.

Doch erzählt sie gar das Märchen
Von dem Geiste ohne Kopf,
Dann erhebt sich jedes Härchen
Schaudervoll in meinem Schopf.

Und ich kann es nicht verneinen,
Daß es böse Geister gibt,
Denn ich habe selber einen,
Der schon manchen Streich verübt.

I

Von Geisterstund und Totentanz

Alexander Graf von Württemberg
1801–1844

Der Organist aus dem Grabe

Wenn von dem alten Dome
Die Geisterglocke schallt,
Der Organist im Grabe
Die Faust zusammenballt.

Er reißt den schweren Deckel
Von dem bestaubten Sarg,
Der viele lange Jahre
Den greisen Leichnam barg.

Er eilt im Geisterfluge,
Es flattert sein Gewand,
Das Tor zur Gotenkirche
Sprengt seine Knochenhand.

Er steigt empor zur Orgel,
Die er sich einst gebaut;
Der Sturmwind treibt die Bälge
Und Donner werden laut.

Von acht gewalt'gen Glocken
Er nun die Stränge zieht
Und läutet längst Verstorbnen
Ein Auferstehungslied.

Aus trübem Schattenreiche
Kommt düster angeschwebt
Die Schar gefallner Geister,
Die einst mit ihm gelebt.

Zur grauenvollen Stunde
Wird jeder Geist ein Ton
Und klagt mit bangem Zagen
Ob seinem Sündenlohn.

Der Orgler in die Tasten
Greift nun mit Geisterkraft,
Laut tönt der Chor der Seelen
Nach langer Grabeshaft.

Und von den fernsten Sternen
Hallt wider ihr Gesang.
Wie dünkt den armen Sündern
Die Ewigkeit so lang!

Er zieht ein manch Register,
Er rast auf dem Pedal,
Es braust der Baß der Männer
Verzweiflung, Höllenqual.

Der kleinen Kinder Jammern
Tönt wider im Diskant;
Der Weiber banges Klagen
Erbebt im Tremulant.

So tobt der Sang der Geister
Bis früh zum Hahnenschrei;
Die Messe ist vorüber,
Der Sturmwind zieht vorbei.

Die Taster werden Bahren,
Drin birgt sich jeder Ton;
Der bleiche Orgelmeister
Schleicht sich zuletzt davon.

Johann Wolfgang Goethe

1749–1832

Der Totentanz

Der Türmer, der schaut zu Mitten der Nacht
Hinab auf die Gräber in Lage;
Der Mond, der hat alles ins Helle gebracht;
Der Kirchhof, er liegt wie am Tage.
Da regt sich ein Grab und ein anderes dann:
Sie kommen hervor, ein Weib da, ein Mann,
In weißen und schleppenden Hemden.

Das reckt nun, es will sich ergetzen sogleich,
Die Knöchel zur Runde, zum Kranze,
So arm und so jung, und so alt und so reich;
Doch hindern die Schleppen am Tanze.
Und weil hier die Scham nun nicht weiter gebeut,
Sie schütteln sich alle, da liegen zerstreut
Die Hemdelein über den Hügeln.

Nun hebt sich der Schenkel, nun wackelt das Bein,
Gebärden da gibt es vertrackte;
Dann klippert's und klappert's mitunter hinein,
Als schlüg' man die Hölzlein zum Takte.
Das kommt nun dem Türmer so lächerlich vor;
Da raunt ihm der Schalk, der Versucher, ins Ohr:
Geh! hole dir einen der Laken.

Getan wie gedacht! und er flüchtet sich schnell
Nun hinter geheiligte Türen.
Der Mond, und noch immer er scheinet so hell
Zum Tanz, den sie schauderlich führen.
Doch endlich verlieret sich dieser und der,
Schleicht eins nach dem andern gekleidet einher,
Und, husch, ist es unter dem Rasen.

Nur einer, der trippelt und stolpert zuletzt
Und tappet und grapst an den Grüften;
Doch hat kein Geselle so schwer ihn verletzt,
Er wittert das Tuch in den Lüften.
Er rüttelt die Turmtür, sie schlägt ihn zurück,
Geziert und gesegnet, dem Türmer zum Glück,
Sie blinkt von metallenen Kreuzen.

Das Hemd muß er haben, da rastet er nicht,
Da gilt auch kein langes Besinnen,
Den gotischen Zierat ergreift nun der Wicht
Und klettert von Zinne zu Zinnen.
Nun ist's um den armen, den Türmer getan!
Es ruckt sich von Schnörkel zu Schnörkel hinan,
Langbeinigen Spinnen vergleichbar.

Der Türmer erbleichet, der Türmer erbebt,
Gern gäb er ihn wieder, den Laken.
Da häkelt – jetzt hat er am längsten gelebt –
Den Zipfel ein eiserner Zacken.
Schon trübet der Mond sich verschwindenden Scheins,
Die Glocke, sie donnert ein mächtiges Eins,
Und unten zerschellt das Gerippe.

Heinrich Heine
1797–1856

Die Jungfrau schläft in der Kammer

Die Jungfrau schläft in der Kammer,
Der Mond schaut zitternd hinein;
Da draußen singt es und klingt es,
Wie Walzermelodein.

»Ich will mal schaun aus dem Fenster,
Wer drunten stört meine Ruh.«
Da steht ein Totengerippe
Und fiedelt und singt dazu:

»Hast einst mir den Tanz versprochen
Und hast gebrochen dein Wort,
Und heut ist Ball auf dem Kirchhof,
Komm mit, wir tanzen dort.«

Die Jungfrau ergreift es gewaltig,
Es lockt sie hervor aus dem Haus;
Sie folgt dem Gerippe, das singend
Und fiedelnd schreitet voraus.

Es fiedelt und tänzelt und hüpfet
Und klappert mit seinem Gebein
Und nickt und nickt mit dem Schädel
Unheimlich im Mondenschein.

Friedrich Hebbel
1813–1863

's ist Mitternacht

                    's ist Mitternacht!
Der eine schläft, der andre wacht.
Er schaut beim blauen Mondenlicht
Dem Schläfer still ins Angesicht;
Drin tut ein böser Traum sich kund,
Wie seltsam zuckt er mit dem Mund!
                    's ist Mitternacht,
Der eine schläft, der andre wacht.

                    's ist Mitternacht!
Der eine schläft, der andre wacht!
»So sah der Freund noch nimmer aus,
Er greift zum Dolch, es macht mir Graus,
Er stößt, er lacht – du triffst ja mich!
Erwache doch, ich rüttle dich!«
                    's ist Mitternacht!
Der andre ist nur halb erwacht.

's ist Mitternacht!
Der andre ist nur halb erwacht!
Er stiert, er ruft: »So lebst du noch,
Verruchter, und ich traf dich doch?
So nimm noch den! Hei! Der war gut!
Warm spritzt mir ins Gesicht dein Blut!«
's ist Mitternacht!
Nun schlafen beide, keiner wacht.

's ist Mitternacht!
Sie schlafen beide, keiner wacht!
Du wüste Eul' im Eibenbaum,
Du krächztest ihn in diesen Traum,
Nun fängt die häm'sche Dohle an,
Ob sie ihn nicht erwecken kann.
's ist Mitternacht;
Gott gebe, daß er nie erwacht!

Finster ist die Mitternacht

Finster ist die Mitternacht,
Wolken ziehen trüb und trüber,
Wilder Schauer saust vorüber,
Alles ruht, Verrat nur wacht.

Horch, mit einem Mal es dröhnt,
Wagenräder hört man rasseln,
Hufe auf dem Estrich prasseln,
Eine Peitsche laut ertönt.

Schwarzer als die Nacht die Ross',
Stampfen sie einher im Düstern,
Feuer schnaufet aus den Nüstern,
Aus den Augen tellergroß.

Wagen ist von hellem Feuer,
Seine Flammenräder sprühen,
Seine Flammenpolster glühen,
Kutscher ist ein Ungeheuer.

Auf den Polstern, auf der Bank,
Von den Gluten grell umschimmert,
Einer seufzet, einer wimmert,
Gräßlich ist der Qualendrang.

Er war Bürgermeister eh',
Wollte da die Stadt verraten;
Arger Lohn folgt argen Taten,
Ach, unendlich ist sein Weh.

Viermal fährt er jedes Jahr
Rund in der Gespenster Stunde,
Aufwärts aus dem Höllenschlunde,
Sträubt des mut'gen Wandrers Haar.

Heinrich Heine
1797–1856

Pfalzgräfin Jutta

Pfalzgräfin Jutta fuhr über den Rhein
Im leichten Kahn, bei Mondenschein.
Die Zofe rudert, die Gräfin spricht:
»Siehst du die sieben Leichen nicht,
Die hinter uns kommen
einhergeschwommen? –
So traurig schwimmen die Toten!

Das waren Ritter voll Jugendlust –
Sie sanken zärtlich an meine Brust
Und schwuren mir Treue. – Zur Sicherheit,
Daß sie nicht brächen ihren Eid,
Ließ ich sie ergreifen
Sogleich und ersäufen –
So traurig schwimmen die Toten!«

Die Zofe rudert, die Gräfin lacht.
Das hallt so höhnisch durch die Nacht!
Bis an die Küste tauchen hervor
Die Leichen und strecken die Finger empor,
Wie schwörend – sie nicken
Mit gläsernen Blicken –
So traurig schwimmen die Toten!

Volksballade

Heinrich schlief bei seiner Neuvermählten

Heinrich schlief bei seiner Neuvermählten,
Einer reichen Gräfin an dem Rhein.
Schlangenbisse, die den Falschen quälten,
Ließen ihn nicht ruhig schlafen ein.

Zwölfe schlug's, da drang durch die Gardine
Plötzlich eine weiße, kalte Hand.
Wen erblickt' er? Seine Wilhelmine,
Die im Sterbekleide vor ihm stand.

»Bebe nicht!« sprach sie mit leiser Stimme,
»Ehmals mein Geliebter, bebe nicht!
Ich erscheine nicht vor dir im Grimme,
Deiner neuen Liebe fluch ich nicht.

Zwar der Kummer hat mein junges Leben,
Trauter Heinrich, schmerzlich abgekürzt;
Doch der Himmel hat mir Kraft gegeben,
Daß ich nicht zur Hölle bin gestürzt.

Warum traut' ich deinen falschen Schwüren,
Baute fest auf Redlichkeit und Treu?
Warum ließ ich mich durch Worte rühren,
Die du gabst aus lauter Heuchelei?

Weine nicht, denn eine Welt wie diese
Ist der Tränen, die du weinst, nicht wert;
Lebe froh und glücklich mit Elise,
Welche du zur Gattin hast begehrt.

Lebe froh und glücklich hier auf Erden,
Bis du einst vor Gottes Thron wirst stehn,
Wo du strenger wirst gerichtet werden
Für die Liebe, die du konnt'st verschmähn!«

Wilhelm Busch
1832–1908

Verwunschen

»Geld gehört zum Ehestande,
Häßlichkeit ist keine Schande,
Liebe ist beinah absurd.
Drum, du nimmst den Junker Jochen
Innerhalb der nächsten Wochen.«
Also sprach der Ritter Kurt.

»Vater«, flehte Kunigunde,
»Schone meine Herzenswunde,
Ganz umsonst ist dein Bemühn.
Ja, ich schwör's bei Erd und Himmel,
Niemals nehm ich diesen Lümmel,
Ewig, ewig haß ich ihn.«

»Nun, wenn Worte nicht mehr nützen,
Dann so bleibe ewig sitzen,
Marsch mit dir ins Burgverlies.«
Zornig sagte dies der Alte,
Als er in die feuchte, kalte
Kammer sie hinunterstieß.

Jahre kamen, Jahre schwanden.
Nichts im Schlosse blieb vorhanden
Außer Kunigundens Geist.
Dort, wo graue Ratten rasseln,
Sitzt sie zwischen Kellerasseln,
Von dem Feuermolch umkreist.

Heut noch ist es nicht geheuer
In dem alten Burggemäuer
Um die Mitternacht herum.
Wehe, ruft ein weißes Wesen,
Will denn niemand mich erlösen?
Doch die Wände bleiben stumm.

II

Von Hexenkunst und Geisterreitern

Volksballade

Die Toten reiten schnell

Es stehn die Stern am Himmel,
Es scheint der Mond so hell,
Die Toten reiten schnell:

»Mach auf, mein Schatz, dein Fenster,
Laß mich zu dir hinein!
Kann nicht lang bei dir sein.

Der Hahn, der tut schon krähen,
Es singt uns an der Tag,
Nicht lang mehr bleiben mag.

Weit her bin ich geritten;
Zweihundert Meilen weit
Muß ich noch reiten heut.

Herzallerliebste meine,
Komm setz dich auf mein Pferd,
Der Weg ist Reitens wert.

Dort drinnen im Ungarlande
Hab ich ein kleines Haus,
Da geht mein Weg hinaus.

Auf einer grünen Heide,
Da ist mein Haus gebaut
Für mich und meine Braut.

Laß mich nicht lange warten!
Komm, Schatz, zu mir herauf,
Weil fortgeht unser Lauf.

Die Sternlein tun uns leuchten,
Es scheint der Mond so hell,
Die Toten reiten schnell.« –

»Wo willst mich denn hinführen?
Ach Gott, was hast gedacht
Wohl in der finstern Nacht?

Mit dir kann ich nicht reiten,
Dein Bettlein ist nicht breit,
Der Weg ist auch zu weit.

Allein leg du dich nieder,
Herzallerliebster, schlaf
Bis an den jüngsten Tag!«

Gottfried August Bürger

1747–1794

Lenore

Lenore fuhr ums Morgenrot
Empor aus schweren Träumen:
»Bist untreu, Wilhelm, oder tot?
Wie lange willst du säumen?«
Er war mit König Friedrichs Macht
Gezogen in die Prager Schlacht,
Und hatte nicht geschrieben,
Ob er gesund geblieben.

Der König und die Kaiserin,
Des langen Haders müde,
Erweichten ihren harten Sinn
Und machten endlich Friede;
Und jedes Heer, mit Sing und Sang,
Mit Paukenschlag und Kling und Klang,
Geschmückt mit grünen Reisern,
Zog heim zu seinen Häusern.

Und überall, allüberall
Auf Wegen und auf Stegen,
Zog alt und jung dem Jubelschall
Der Kommenden entgegen.

Gottlob! rief Kind und Gattin laut,
Willkommen! manche frohe Braut.
Ach! aber für Lenoren
War Gruß und Kuß verloren.

Sie frug den Zug wohl auf und ab
Und frug nach allen Namen;
Doch keiner war, der Kundschaft gab,
Von allen, so da kamen.
Als nun das Heer vorüber war,
Zerraufte sie ihr Rabenhaar
Und warf sich hin zur Erde
Mit wütiger Gebärde.

Die Mutter lief wohl hin zu ihr: –
»Ach, daß sich Gott erbarme!
Du trautes Kind, was ist mit dir?«
Und schloß sie in die Arme. –
»O Mutter, Mutter! hin ist hin!
Nun fahre Welt und alles hin!
Bei Gott ist kein Erbarmen.
O weh, o weh mir Armen!« –

»Hilf Gott, hilf! Sieh uns gnädig an!
Kind, bet' ein Vaterunser!
Was Gott tut, das ist wohlgetan.
Gott, Gott erbarmt sich unser!« –
»O Mutter, Mutter! Eitler Wahn!
Gott hat an mir nicht wohlgetan!
Was half, was half mein Beten?
Nun ist's nicht mehr vonnöten.« –

»Hilf Gott, hilf! Wer den Vater kennt,
Der weiß, er hilft den Kindern.
Das hochgelobte Sakrament
Wird deinen Jammer lindern.« –
»O Mutter, Mutter! was mich brennt,
Das lindert mir kein Sakrament!
Kein Sakrament mag Leben
Den Toten wiedergeben.« –

»Hör, Kind! Wie, wenn der falsche Mann
Im fernen Ungarlande
Sich seines Glaubens abgetan
Zum neuen Ehebande?

Laß fahren, Kind, sein Herz dahin!
Er hat es nimmermehr Gewinn!
Wann Seel' und Leib sich trennen,
Wird ihn sein Meineid brennen.« –

»O Mutter, Mutter! hin ist hin!
Verloren ist verloren!
Der Tod, der Tod ist mein Gewinn!
O wär' ich nie geboren!
Lisch aus, mein Licht, auf ewig aus!
Stirb hin, stirb hin in Nacht und Graus!
Bei Gott ist kein Erbarmen.
O weh, o weh mir Armen!« –

»Hilf Gott, hilf! Geh nicht ins Gericht
Mit deinem armen Kinde!
Sie weiß nicht, was die Zunge spricht.
Behalt ihr nicht die Sünde!
Ach Kind, vergiß dein irdisch Leid,
Und denk an Gott und Seligkeit!
So wird doch deiner Seelen
Der Bräutigam nicht fehlen.« –

»O Mutter! Was ist Seligkeit?
O Mutter! Was ist Hölle?
Bei ihm, bei ihm ist Seligkeit,
Und ohne Wilhelm Hölle! –
Lisch aus, mein Licht, auf ewig aus!
Stirb hin, stirb hin in Nacht und Graus!
Ohn' ihn mag ich auf Erden,
Mag dort nicht selig werden.« – – –

So wütete Verzweifelung
Ihr in Gehirn und Adern,
Sie fuhr mit Gottes Vorsehung
Vermessen fort zu hadern;
Zerschlug den Busen und zerrang
Die Hand bis Sonnenuntergang,
Bis auf am Himmelsbogen
Die goldnen Sterne zogen.

Und außen, horch! ging's trapp trapp trapp,
Als wie von Rosseshufen;
Und klirrend stieg ein Reiter ab,
An des Geländers Stufen;

Und horch! und horch! den Pfortenring
Ganz lose, leise, klinglingling!
Dann kamen durch die Pforte
Vernehmlich diese Worte:

»Holla, Holla! Tu auf, mein Kind!
Schläfst, Liebchen, oder wachst du?
Wie bist noch gegen mich gesinnt?
Und weinest oder lachst du?« –
»Ach, Wilhelm, du? – So spät bei Nacht?
Geweinet hab' ich und gewacht;
Ach, großes Leid erlitten!
Wo kommst du hergeritten?« –

»Wir satteln nur um Mitternacht.
Weit ritt ich her von Böhmen.
Ich habe spät mich aufgemacht,
Und will dich mit mir nehmen.« –
»Ach Wilhelm, erst herein geschwind!
Den Hagedorn durchsaust der Wind,
Herein, in meinen Armen,
Herzliebster, zu erwarmen!« –

»Laß sausen durch den Hagedorn,
Laß sausen, Kind, laß sausen!
Der Rappe scharrt; es klirrt der Sporn,
Ich darf allhier nicht hausen.
Komm, schürze, spring und schwinge dich
Auf meinen Rappen hinter mich!
Muß heut noch hundert Meilen
Mit dir ins Brautbett eilen.« –

»Ach! wolltest hundert Meilen noch
Mich heut ins Brautbett tragen?
Und horch! es brummt die Glocke noch,
Die elf schon angeschlagen.« –
»Sieh hin, sieh her! der Mond scheint hell.
Wir und die Toten reiten schnell.
Ich bringe dich, zur Wette,
Noch heut ins Hochzeitsbette.« –

»Sag an, wo ist dein Kämmerlein?
Wo? Wie dein Hochzeitsbettchen?« –
»Weit, weit von hier! – Still, kühl und klein! –
Sechs Bretter und zwei Brettchen!« –

»Hat's Raum für mich?« – »Für dich und mich!
Komm, schürze, spring und schwinge dich!
Die Hochzeitsgäste hoffen;
Die Kammer steht uns offen.« –

Schön Liebchen schürzte, sprang und schwang
Sich auf das Roß behende;
Wohl um den trauten Reiter schlang
Sie ihre Lilienhände;
Und hurre hurre, hopp hopp hopp!
Ging's fort mit sausendem Galopp,
Daß Roß und Reiter schnoben
Und Kies und Funken stoben.

Zur rechten und zur linken Hand,
Vorbei vor ihren Blicken,
Wie flogen Anger, Heid' und Land!
Wie donnerten die Brücken! –
»Graut Liebchen auch? – Der Mond scheint hell!
Hurra! die Toten reiten schnell!
Graut Liebchen auch vor Toten?« –
»Ach nein! – Doch laß die Toten!« –

Was klang dort für Gesang und Klang?
Was flatterten die Raben? –
Horch, Glockenklang! Horch, Totensang:
»Laßt uns den Leib begraben!«
Und näher zog ein Leichenzug,
Der Sarg und Totenbahre trug.
Das Lied war zu vergleichen
Dem Unkenruf in Teichen.

»Nach Mitternacht begrabt den Leib
Mit Klang und Sang und Klage!
Jetzt führ ich heim mein junges Weib.
Mit, mit zum Brautgelage!
Komm, Küster, hier! Komm mit dem Chor,
Und gurgle mir das Brautlied vor!
Komm, Pfaff', und sprich den Segen,
Eh' wir zu Bett uns legen!« –

Still Klang und Sang. – Die Bahre schwand. –
Gehorsam seinen Rufen,
Kam's, hurre hurre! nachgerannt,
Hart hinter's Rappen Hufen.

Und immer weiter, hopp hopp hopp!
Ging's fort in sausendem Galopp,
Daß Roß und Reiter schnoben
Und Kies und Funken stoben.

Wie flogen rechts, wie flogen links
Gebirge, Bäum' und Hecken!
Wie flogen links und rechts und links
Die Dörfer, Städt' und Flecken! –
»Graut Liebchen auch? – Der Mond scheint hell!
Hurra! die Toten reiten schnell!
Graut Liebchen auch vor Toten?« –
»Ach! Laß sie ruhn, die Toten!« –

Sieh da! sieh da! Am Hochgericht
Tanzt um des Rades Spindel,
Halb sichtbarlich bei Mondenlicht,
Ein lustiges Gesindel. –
»Sasa! Gesindel, hier! Komm hier!
Gesindel, komm und folge mir!
Tanz uns den Hochzeitreigen,
Wann wir zu Bette steigen!« –

Und das Gesindel, husch husch husch!
Kam hinten nachgeprasselt,
Wie Wirbelwind am Haselbusch
Durch dürre Blätter rasselt.
Und weiter, weiter, hopp hopp hopp!
Ging's fort in sausendem Galopp
Daß Roß und Reiter schnoben,
Und Kies und Funken stoben.

Wie flog, was rund der Mond beschien,
Wie flog es in die Ferne!
Wie flogen oben überhin
Der Himmel und die Sterne! –
»Graut Liebchen auch? – Der Mond scheint hell!
Hurra! die Toten reiten schnell!
Graut Liebchen auch vor Toten?«
»O weh! Laß ruhn die Toten!« – – –

»Rapp'! Rapp'! Mich dünkt, der Hahn schon ruft. –
Bald wird der Sand verrinnen –
Rapp'! Rapp'! Ich wittre Morgenluft –
Rapp'! Tummle dich von hinnen! –

Vollbracht, vollbracht ist unser Lauf!
Das Hochzeitsbette tut sich auf!
Die Toten reiten schnelle!
Wir sind, wir sind zur Stelle.« – – –

Rasch auf ein eisern Gittertor
Ging's mit verhängtem Zügel.
Mit schwanker Gert' ein Schlag davor
Zersprengte Schloß und Riegel.
Die Flügel flogen klirrend auf,
Und über Gräber ging der Lauf.
Es blinkten Leichensteine
Rundum im Mondenscheine.

Ha sieh! Ha sieh! Im Augenblick,
Huhu! ein gräßlich Wunder!
Des Reiters Koller, Stück für Stück,
Fiel ab wie mürber Zunder.
Zum Schädel, ohne Zopf und Schopf,
Zum nackten Schädel ward sein Kopf;
Sein Körper zum Gerippe,
Mit Stundenglas und Hippe.

Hoch bäumte sich, wild schnob der Rapp',
Und sprühte Feuerfunken;
Und hui! war's unter ihr hinab
Verschwunden und versunken.
Geheul! Geheul aus hoher Luft,
Gewinsel kam aus tiefer Gruft.
Lenorens Herz mit Beben
Rang zwischen Tod und Leben.

Nun tanzten wohl bei Mondenglanz,
Rundum herum im Kreise,
Die Geister einen Kettentanz,
Und heulten diese Weise:
»Geduld! Geduld! Wenn's Herz auch bricht!
Mit Gott im Himmel hadre nicht!
Des Leibes bist du ledig;
Gott sei der Seele gnädig!«

Eduard Mörike
1804–1875

Der Feuerreiter

Sehet ihr am Fensterlein
Dort die rote Mütze wieder?
Nicht geheuer muß es sein,
Denn er geht schon auf und nieder.
Und auf einmal welch Gewühle
Bei der Brücke, nach dem Feld!
Horch! das Feuerglöcklein gellt:
    Hinterm Berg,
    Hinterm Berg
Brennt es in der Mühle!

Schaut! da sprengt er wütend schier
Durch das Tor, der Feuerreiter,
Auf dem rippendürren Tier,
Als auf einer Feuerleiter!
Querfeldein! Durch Qualm und Schwüle
Rennt er schon und ist am Ort!
Drüben schallt es fort und fort:
    Hinterm Berg,
    Hinterm Berg
Brennt es in der Mühle!

Der so oft den roten Hahn
Meilenweit von fern gerochen,
Mit des heilgen Kreuzes Span
Freventlich die Glut besprochen –
Weh! dir grinst vom Dachgestühle
Dort der Feind im Höllenschein.
Gnade Gott der Seele dein!
    Hinterm Berg,
    Hinterm Berg
Rast er in der Mühle!

Keine Stunde hielt es an,
Bis die Mühle borst in Trümmer;
Doch den kecken Reitersmann
Sah man von der Stunde nimmer.
Volk und Wagen im Gewühle
Kehren heim von all dem Graus;
Auch das Glöcklein klinget aus:
    Hinterm Berg,
    Hinterm Berg
Brennt's! –

Nach der Zeit ein Müller fand
Ein Gerippe samt der Mützen
Aufrecht an der Kellerwand
Auf der beinern Mähre sitzen:
Feuerreiter, wie so kühle
Reitest du in deinem Grab!
Husch! da fällt's in Asche ab.
    Ruhe wohl,
    Ruhe wohl
Drunten in der Mühle!

Theodor Storm
1817–1888

Walpurgisnacht

Am Kreuzweg weint die verlassene Maid,
Sie weint um verlassene Liebe.
Die klagt den fliegenden Wolken ihr Leid,
Ruft Himmel und Hölle zu Hilfe. –
Da stürmt es heran durch die finstere Nacht,
Die Eiche zittert, die Fichte kracht,
Es flattern so krächzend die Raben.

Am Kreuzweg feiert der Böse sein Fest,
Mit Sang und Klang und Reigen:
Die Eule rafft sich vom heimlichen Nest
Und lädt viel luftige Gäste.
Die stürzen sich jach durch die Lüfte heran,
Geschmückt mit Distel und Drachenzahn,
Und grüßen den harrenden Meister.

Und über die Heide weit und breit
Erschallt es im wilden Getümmel.
»Wer bist du, du schöne, du lustige Maid?
Juchheisa, Walpurgis ist kommen!
Was zauderst du, Hexchen, komm, springe mit ein,
Sollst heute des Meisters Liebste sein,
Du schöne, du lustige Dirne!«

Der Nachtwind peitscht die tolle Schar
Im Kreis um die weinende Dirne,
Da packt sie der Meister am goldenen Haar
Und schwingt sie im sausenden Reigen,
Und wie im Zwielicht der Auerhahn schreit,
Da hat der Teufel die Dirne gefreit,
Und hat sie nimmer gelassen.

Volksballade

Tanz der Hexen

Es wohnet ein Fiedler zu Frankfurt am Main,
Der kehret von lustiger Zeche heim,
Und er trat auf den Markt, was schaut er dort?
Der schönen Frauen schmausten gar viel an dem Ort.

»Du buckliger Fiedler, nun fiedle uns auf!
Wir wollen dir zahlen des Lohnes vollauf;
Einen Tanz behende gezeigt!
Walpurgisnacht wird heute gefei'rt.«

Der Geiger strich einen fröhlichen Tanz,
Die Frauen tanzten den Reigenkranz,
Und die erste sprach: »Mein lieber Sohn,
Du geigst so frisch, hab nun deinen Lohn!«

Sie griff ihm behende unters Wammes sofort,
Und nahm ihm den Höcker von dem Rücken fort:
»So gehe nun hin, mein schlanker Gesell,
Dich nimmt nun eine jede Jungfrau zur Stell.«

Der Fiedler schlank in die Herberg trat,
Da wartet sein buckliger Kamerad.

Den faßte der Neid: »Der Hexen Gunst
Erwerb ich mir auch durch meine Kunst!«

Er trat auf den Marktplatz, und es tanzte die Schar
Im Mondenlicht immer noch wunderbar.
»Ich geige euch gern, wenn für den Dienst
Ihr zahlen wollet mit gleicher Gunst.«

Er geigte falsch zu der Frauen Tanz,
Verstörte den holden Reigen ganz.
Die erste sprach: »Mein lieber Sohn,
So wie du geigtest, so wird dein Lohn.«

Sie nestelt ihm vorne am Wammes sofort
Und verbarg des Gesellen Höcker dort.
Und nun ging's husch, es wirbelt umher,
Der weite Marktplatz war still und leer.

Der neidische Fiedler tappte gar lang,
Er dachte, er käme nach Hause gar schlank.
Doch wie lachten sie, wie kam er in Zorn:
Er fand sich behöckert – so hinten als vorn.

Joseph Freiherr von Eichendorff
1788–1857

Der Reitersmann

Hoch über den stillen Höhen
Stand in dem Wald ein Haus,
Dort wars so einsam zu sehen
Weit übern Wald hinaus.

Drin saß ein Mädchen am Rocken
Den ganzen Abend lang,
Der wurden die Augen nicht trocken,
Sie spann und sann und sang:

»Mein Liebster, der war ein Reiter,
Dem schwur ich Treu bis in Tod,
Der zog über Land und weiter,
Zu Krieges Lust und Not.

Und als ein Jahr war vergangen
Und wieder blühte das Land,
Da stand ich voller Verlangen
Hoch an des Waldes Rand.

Und zwischen den Bergesbogen
Wohl über den grünen Plan
Kam mancher Reiter gezogen,
Der meine kam nicht mit an.

Und zwischen den Bergesbogen
Wohl über den grünen Plan
Ein Jägersmann kam geflogen,
Der sah mich so mutig an.

So lieblich die Sonne schiene,
Das Waldhorn scholl weit und breit,
Da führt er mich in das Grüne,
Das war eine schöne Zeit!

Der hat so lieblich gelogen
Mich aus der Treue heraus,
Der Falsche hat mich betrogen,
Zog weit in die Welt hinaus.«

Sie konnte nicht weiter singen,
Vor bitterem Schmerz und Leid,
Die Augen ihr übergingen
In ihrer Einsamkeit.

Die Muhme, die saß beim Feuer
Und wärmte sich am Kamin,
Es flackert und sprüht das Feuer,
Hell über die Stube es schien.

Sie sprach: »Ein Kränzlein in Haaren,
Das stünde dir heut gar schön,
Willst drauß auf dem See nicht fahren?
Hohe Blumen am Ufer dort stehn.«

»Ich kann nicht holen die Blumen,
Im Hemdlein weiß am Teich
Ein Mädchen hütet die Blumen,
Die sieht so totenbleich.

Und hoch auf des Sees Weite,
Wenn alles finster und still,
Da rudern zwei stille Leute, –
Der eine dich haben will.

Die schauen wie alte Bekannte,
Still, ewig stille sie sind,
Doch einmal der eine sich wandte,
Da faßt mich ein eiskalter Wind.

Mir ist zu wehe zum Weinen –
Die Uhr so gleichförmig pickt,
Das Rädlein, das schnurrt so in einem,
Mir ist, als wär ich verrückt.

Ach Gott! wann wird sich doch röten
Die fröhliche Morgenstund!
Ich möchte hinausgehn und beten
Und beten aus Herzensgrund!

So bleich schon werden die Sterne,
Es rührt sich stärker der Wald,
Schon krähen die Hähne von ferne,
Mich friert, es wird so kalt!

Ach, Muhme! was ist Euch geschehen?
Die Nase wird Euch so lang,
Die Augen sich seltsam verdrehen
Wie wird mir vor Euch so bang!«

Und wie sie so grauenvoll klagte,
Klopft's draußen ans Fensterlein,
Ein Mann aus der Finsternis ragte,
Schaut still in die Stube herein.

Die Haare wild umgehangen,
Von blutigen Tropfen naß;
Zwei blutige Streifen sich schlangen
Wie Kränzlein ums Antlitz blaß.

Er grüßt sie so fürcherlich heiter,
Seine Braut wohl heißet er sie,
Da kannt sie mit Schaudern den Reiter,
Fällt nieder auf ihre Knie.

Er zielt mit dem Rohre durchs Gitter
Auf die schneeweiße Brust hin.
»Ach, wie ist das Sterben so bitter,
Erbarm dich, weil ich so jung noch bin!«

Stumm blieb sein steinerner Wille,
Es blitzte so rosenrot,
Da ward es auf einmal stille
Im Walde und Haus und Hof.

Frühmorgens da lag so schaurig
Verfallen im Walde das Haus,
Ein Waldvöglein sang so traurig,
Flog fort über den See hinaus.

Justinus Kerner
1786–1862

Des Teufels Diamant

Ein fremder Kavalier
Stieg ab vom schwarzen Roß,
Trat in den Königssaal
Mit andern Herren groß.

Derselbe Kavalier
Trug einen Edelstein,
Wie man noch keinen sah,
Von wundersamem Schein.

Ein Stein von hohem Wert
In Königs Krone saß,
Doch schien vor diesem er
Ein mattgeschliffen Glas.

Der König bot ihm Gold,
Er bot ihm Leut und Land,
Doch lassen wollt er nicht
Den edlen Diamant.

Der König des erbost,
Spricht zu dem Hauptmann sein:
Bringt mir des Mannes Hand
Samt seinem Edelstein.

Der Hauptmann reckt das Schwert,
Haut nach des Mannes Hand,
Doch statt des Kavaliers
Der Teufel vor ihm stand.

Glut strömt aus seinem Ring,
Zur Hölle wächst der Stein,
Schleußt Burg und König bald
Samt allen Dienern ein.

III

Von Moorgespenstern und von Wassernixen

Eduard Mörike
1804–1875

Die Geister am Mummelsee

Vom Berge was kommt dort um Mitternacht spät
Mit Fackeln so prächtig herunter?
Ob das wohl zum Tanze, zum Feste noch geht?
Mir klingen die Lieder so munter. O nein!
So sage, was mag es wohl sein?

Das, was du da siehest, ist Totengeleit,
Und was du da hörest, sind Klagen.
Dem König, dem Zauberer, gilt es zu Leid,
Sie bringen ihn wieder getragen. O weh!
So sind es die Geister vom See!

Sie schweben herunter ins Mummelseetal –
Sie haben den See schon betreten –
Sie rühren und netzen den Fuß nicht einmal –
Sie schwirren in leisen Gebeten – O schau,
Am Sarge die glänzende Frau!

Jetzt öffnet der See das grünspiegelnde Tor;
Gib acht, nun tauchen sie nieder!
Es schwankt eine lebende Treppe hervor,
Und – drunten schon summen die Lieder. Hörst du?
Sie singen ihn unten zur Ruh.

Die Wasser, wie lieblich sie brennen und glühn!
Sie spielen in grünendem Feuer;
Es geisten die Nebel am Ufer dahin,
Zum Meere verzieht sich der Weiher – Nur still!
Ob dort sich nichts rühren will?

Es zuckt in der Mitten – o Himmel! Ach hilf!
Nun kommen sie wieder, sie kommen!
Es orgelt im Rohr, und es klirret im Schilf;
Nur hurtig, die Flucht nur genommen! Davon!
Sie wittern, sie haschen mich schon!

Johann Wolfgang Goethe

1749–1832

Der Fischer

Das Wasser rauscht', das Wasser schwoll,
Ein Fischer saß daran,
Sah nach dem Angel ruhevoll,
Kühl bis ans Herz hinan.
Und wie er sitzt und wie er lauscht,
Teilt sich die Flut empor;
Aus dem bewegten Wasser rauscht
Ein feuchtes Weib hervor.

Sie sang zu ihm, sie sprach zu ihm:
»Was lockst du meine Brut
Mit Menschenwitz und Menschenlist
Hinauf in Todesglut?
Ach wüßtest du, wie's Fischlein ist
So wohlig auf dem Grund,
Du stiegst herunter, wie du bist,
Und würdest erst gesund.

Labt sich die liebe Sonne nicht,
Der Mond sich nicht im Meer?
Kehrt wellenatmend ihr Gesicht
Nicht doppelt schöner her?
Lockt dich der tiefe Himmel nicht,
Das feuchtverklärte Blau?
Lockt dich dein eigen Angesicht
Nicht her in ew'gen Tau?«

Das Wasser rauscht', das Wasser schwoll,
Netzt' ihm den nackten Fuß;
Sein Herz wuchs ihm so sehnsuchtsvoll,
Wie bei der Liebsten Gruß.
Sie sprach zu ihm, sie sang zu ihm;
Da war's um ihn geschehn:
Halb zog sie ihn, halb sank er hin,
Und ward nicht mehr gesehn.

Annette von Droste-Hülshoff
1797–1848

Der Knabe im Moor

O schaurig ist's übers Moor zu gehn,
Wenn es wimmelt vom Heiderauche,
Sich wie Phantome die Dünste drehn
Und die Ranke häkelt am Strauche,
Unter jedem Tritte ein Quellchen springt,
Wenn aus der Spalte es zischt und singt,
O schaurig ist's übers Moor zu gehn,
Wenn das Röhricht knistert im Hauche!

Fest hält die Fibel das zitternde Kind
Und rennt, als ob man es jage;
Hohl über die Fläche sauset der Wind –
Was raschelt drüben am Hage?
Das ist der gespenstische Gräberknecht,
Der dem Meister die besten Torfe verzecht;
Hu, hu, es bricht wie ein irres Rind!
Hinducket das Knäblein zage.

Vom Ufer starret Gestumpf hervor,
Unheimlich nicket die Föhre,
Der Knabe rennt, gespannt das Ohr,
Durch Riesenhalme wie Speere;
Und wie es rieselt und knittert darin!
Das ist die unselige Spinnerin,
Das ist die gebannte Spinnlenor',
Die den Haspel dreht im Geröhre!

Voran, voran! nur immer im Lauf,
Voran, als woll es ihn holen!
Vor seinem Fuße brodelt es auf,
Es pfeift ihm unter den Sohlen
Wie eine gespenstige Melodei;
Das ist der Geigemann ungetreu,
Das ist der diebische Fiedler Knauf,
Der den Hochzeitheller gestohlen!

Da birst das Moor, ein Seufzer geht
Hervor aus der klaffenden Höhle;
Weh, weh, da ruft die verdammte Margret:
»Ho, ho, meine arme Seele!«
Der Knabe springt wie ein wundes Reh;
Wär nicht Schutzengel in seiner Näh,
Seine bleichenden Knöchelchen fände spät
Ein Gräber im Moorgeschwele.

Da mählich gründet der Boden sich,
Und drüben, neben der Weide,
Die Lampe flimmert so heimatlich,
Der Knabe steht an der Scheide.
Tief atmet er auf, zum Moor zurück
Noch immer wirft er den scheuen Blick:
Ja, im Geröhre war's fürchterlich,
O schaurig war's in der Heide!

Johann Gottfried Herder
1744–1803

Erlkönigs Tochter

Herr Oluf reitet spät und weit,
Zu bieten auf seine Hochzeitleut;

Da tanzen die Elfen auf grünem Land,
Erlkönigs Tochter reicht ihm die Hand.

»Willkommen, Herr Oluf! Was eilst von hier?
Tritt her in den Reihen und tanz mit mir.«

»Ich darf nicht tanzen, nicht tanzen ich mag,
Frühmorgen ist mein Hochzeitstag.«

»Hör an, Herr Oluf, tritt tanzen mit mir,
Zwei güldne Sporne schenk ich dir.

Ein Hemd von Seide so weiß und fein,
Meine Mutter bleicht's mit Mondenschein.«

»Ich darf nicht tanzen, nicht tanzen ich mag,
Frühmorgen ist mein Hochzeitstag.«

»Hör an, Herr Oluf, tritt tanzen mit mir,
Einen Haufen Goldes schenk ich dir.«

»Einen Haufen Goldes nähm ich wohl;
Doch tanzen ich nicht darf noch soll.«

»Und willt, Herr Oluf, nicht tanzen mit mir;
Soll Seuch und Krankheit folgen dir.«

Sie tät einen Schlag ihm auf sein Herz,
Noch nimmer fühlt er solchen Schmerz.

Sie hob ihn bleichend auf sein Pferd,
»Reit heim nun zu dein'm Fräulein wert.«

Und als er kam vor Hauses Tür,
Seine Mutter zitternd stand dafür.

»Hör an, mein Sohn, sag an mir gleich,
Wie ist dein' Farbe blaß und bleich?«

»Und sollt sie nicht sein blaß und bleich,
Ich traf in Erlenkönigs Reich.«

»Hör an, mein Sohn, so lieb und traut,
Was soll ich nun sagen deiner Braut?«

»Sagt ihr, ich sei im Wald zur Stund,
Zu proben da mein Pferd und Hund.«

Frühmorgen und als es Tag kaum war,
Da kam die Braut mit der Hochzeitsschar.

Sie schenkten Met, sie schenkten Wein;
»Wo ist Herr Oluf, der Bräutigam mein?«

»Herr Oluf, er ritt in Wald zur Stund,
Er probt allda sein Pferd und Hund.«

Die Braut hob auf den Scharlach rot,
Da lag Herr Oluf, und er war tot.

Johann Wolfgang Goethe

1749–1832

Erlkönig

Wer reitet so spät durch Nacht und Wind?
Es ist der Vater mit seinem Kind;
Er hat den Knaben wohl in dem Arm,
Er faßt ihn sicher, er hält ihn warm.

Mein Sohn, was birgst du so bang dein Gesicht? –
Siehst, Vater, du den Erlkönig nicht?
Den Erlenkönig mit Kron und Schweif?
Mein Sohn, es ist ein Nebelstreif. –

»Du liebes Kind, komm, geh mit mir!
Gar schöne Spiele spiel' ich mit dir;
Manch bunte Blumen sind an dem Strand,
Meine Mutter hat manch gülden Gewand.«

Mein Vater, mein Vater, und hörest du nicht,
Was Erlenkönig mir leise verspricht? –
Sei ruhig, bleibe ruhig, mein Kind;
In dürren Blättern säuselt der Wind. –

»Willst, feiner Knabe, du mit mir gehn?
Meine Töchter sollen dich warten schön;
Meine Töchter führen den nächtlichen Reihn
Und wiegen und tanzen und singen dich ein.«

Mein Vater, mein Vater, und siehst du nicht dort
Erlkönigs Töchter am düstern Ort? –
Mein Sohn, mein Sohn, ich seh es genau:
Es scheinen die alten Weiden so grau. –

»Ich liebe dich, mich reizt deine schöne Gestalt;
Und bist du nicht willig, so brauch ich Gewalt.«
Mein Vater, mein Vater, jetzt faßt er mich an!
Erlkönig hat mir ein Leids getan! –

Dem Vater grauset's, er reitet geschwind,
Er hält in den Armen das ächzende Kind,
Erreicht den Hof mit Mühe und Not;
In seinen Armen das Kind war tot.

Joseph Freiherr von Eichendorff
1788–1857

Reiter in der Nacht

Er reitet nachts auf einem braunen Roß,
Er reitet vorüber an manchem Schloß;
Schlaf droben, mein Kind, bis der Tag erscheint,
Die finstre Nacht ist des Menschen Feind!

Er reitet vorüber an einem Teich,
Da stehet ein schönes Mädchen bleich
Und singt, ihr Hemdlein flattert im Wind:
Vorüber, vorüber, mir graut vor dem Kind!

Er reitet vorüber an einem Fluß,
Da ruft ihm der Wassermann seinen Gruß,
Taucht wieder unter dann mit Gesaus,
Und stille wird's über dem kühlen Haus.

Wenn Tag und Nacht in verworrenem Streit,
Schon Hähne krähen in Dörfern weit,
Da schauert sein Roß und wühlet hinab,
Scharret ihm schnaubend sein eigenes Grab.

Die schöne Lilofee

Es freit ein wilder Wassermann
In der Burg wohl über dem See.
Des Königs Tochter wollt er han,
Die schöne, junge Lilofee.

Sie hörte drunten Glocken gehn
Im tiefen, tiefen See,
Wollt' Vater und Mutter wiedersehn,
Die schöne, junge Lilofee.

Und als sie vor dem Tore stand
Auf der Burg wohl über dem See,
Da neigt sich Laub und grünes Gras
Vor der schönen, jungen Lilofee.

Und als sie aus der Kirche kam
Vor der Burg wohl über dem See,
Da stand der wilde Wassermann
Vor der schönen, jungen Lilofee.

»Sprich, willst du hinuntergehn mit mir
Von der Burg wohl über dem See?
Deine Kindlein unten weinen nach dir,
Du schöne, junge Lilofee.«

»Und eh ich die Kindlein weinen laß
Im tiefen, tiefen See,
Scheid ich von Laub und grünem Gras,
Ich arme, junge Lilofee.«

Heinrich Heine

1797–1856

Begegnung

Wohl unter der Linde erklingt die Musik,
Da tanzen die Burschen und Mädel,
Da tanzen zwei, die niemand kennt,
Sie schaun so schlank und edel.

Sie schweben auf, sie schweben ab,
In seltsam fremder Weise,
Sie lachen sich an, sie schütteln das Haupt,
Das Fräulein flüstert leise:

»Mein schöner Junker, auf Eurem Hut
Schwankt eine Neckenlilje,
Die wächst nur tief in Meeresgrund –
Ihr stammt nicht aus Adams Familie.

Ihr seid der Wassermann, Ihr wollt
Verlocken des Dorfes Schönen.
Ich hab Euch erkannt, beim ersten Blick,
An Euren fischgrätigen Zähnen.«

Sie schweben auf, sie schweben ab,
In seltsam fremder Weise,
Sie lachen sich an, sie schütteln das Haupt.
Der Junker flüstert leise:

»Mein schönes Fräulein, sagt mir, warum
So eiskalt Eure Hand ist?
Sagt mir, warum so naß der Saum
An Eurem weißen Gewand ist?

Ich hab Euch erkannt, beim ersten Blick,
An Eurem spöttischen Knixe –
Du bist kein irdisches Menschenkind,
Du bist mein Mühmchen, die Nixe.«

Die Geigen verstummen, der Tanz ist aus,
Es trennen sich höflich die beiden.
Sie kennen sich leider viel zu gut,
Suchen sich jetzt zu vermeiden.

IV

Von Zauberei und Rattenfängern

Eduard Mörike
1804–1875

Der Zauberleuchtturm

Des Zauberers sein Mägdlein saß
In ihrem Saale rund von Glas,
Sie spann beim hellen Kerzenschein
Und sang so glockenhell darein.
Der Saal, als eine Kugel klar,
In Lüften aufgehangen war
An einem Turm auf Felsenhöh,
Bei Nacht hoch ob der wilden See
Und hing in Sturm und Wettergraus
An einem langen Arm hinaus.
Wenn nun ein Schiff in Nächten schwer
Sah weder Rat noch Rettung mehr,
Der Lotse zog die Achsel schief,
Der Hauptmann alle Teufel rief,
Auch der Matrose wollt verzagen:
»O weh mir armen Schwartenmagen!« –
Auf einmal scheint ein Licht von fern,
Als wie ein heller Morgenstern.
Die Mannschaft jauchzet überlaut:

»Heida! jetzt gilt es trockne Haut!«
Aus allen Kräften steuert man
Jetzt nach dem teuren Licht hinan:
Das wächst und wächst und leuchtet fast
Wie einer Zaubersonne Glast,
Darin ein Mägdlein sitzt und spinnt,
Sich beuget ihr Gesang im Wind.
Die Männer stehen wie verzückt,
Ein jeder nach dem Wunder blickt
Und horcht und staunet unverwandt,
Dem Steuermann entsinkt die Hand,
Hat keiner acht mehr auf das Schiff;
Das kracht mit eins am Felsenriff,
Die Luft zerreißt ein Jammerschrei:
»Herr Gott im Himmel, steh uns bei!«
Da löscht die Zauberin ihr Licht;
Noch einmal aus der Tiefe bricht
Verhallend Weh aus einem Mund:
Da zuckt das Schiff und sinkt zu Grund.

Johann Wolfgang Goethe

1749–1832

Der Zauberlehrling

Hat der alte Hexenmeister
Sich doch einmal wegbegeben!
Und nun sollen seine Geister
Auch nach meinem Willen leben!
Seine Wort' und Werke
Merkt' ich und den Brauch,
Und mit Geistesstärke
Tu' ich Wunder auch.

Walle! walle
Manche Strecke,
Daß, zum Zwecke,
Wasser fließe
Und mit reichem, vollem Schwalle
Zu dem Bade sich ergieße.

Und nun komm, du alter Besen!
Nimm die schlechten Lumpenhüllen!
Bist schon lange Knecht gewesen;
Nun erfülle meinen Willen!

Auf zwei Beinen stehe,
Oben sei ein Kopf,
Eile nun und gehe
Mit dem Wassertopf!

Walle! walle
Manche Strecke,
Daß, zum Zwecke,
Wasser fließe
Und mit reichem, vollem Schwalle
Zu dem Bade sich ergieße.

Seht, er läuft zum Ufer nieder;
Wahrlich! ist schon an dem Flusse,
Und mit Blitzesschnelle wieder
Ist er hier mit raschem Gusse.
Schon zum zweiten Male!
Wie das Becken schwillt!
Wie sich jede Schale
Voll mit Wasser füllt!

Stehe! stehe!
Denn wir haben
Deiner Gaben
Vollgemessen! –
Ach, ich merk' es! Wehe! wehe!
Hab' ich doch das Wort vergessen!

Ach, das Wort, worauf am Ende
Er das wird, was er gewesen.
Ach, er läuft und bringt behende!
Wärst du doch der alte Besen!
Immer neue Güsse
Bringt er schnell herein,
Ach! und hundert Flüsse
Stürzen auf mich ein.

Nein, nicht länger
Kann ich's lassen;
Will ihn fassen.
Das ist Tücke!
Ach! nun wird mir immer bänger!
Welche Miene! welche Blicke!

O, du Ausgeburt der Hölle!
Soll das ganze Haus ersaufen?
Seh' ich über jede Schwelle
Doch schon Wasserströme laufen.
Ein verruchter Besen,
Der nicht hören will!
Stock, der du gewesen,
Steh doch wieder still!

Willst's am Ende
Gar nicht lassen?
Will dich fassen,
Will dich halten,
Und das alte Holz behende
Mit dem scharfen Beile spalten.

Seht, da kommt er schleppend wieder!
Wie ich mich nun auf dich werfe,
Gleich, o Kobold, liegst du nieder;
Krachend trifft die glatte Schärfe!

Wahrlich, brav getroffen!
Seht, er ist entzwei!
Und nun kann ich hoffen,
Und ich atme frei!

Wehe! wehe!
Beide Teile
Stehn in Eile
Schon als Knechte
Völlig fertig in die Höhe!
Helft mir, ach! ihr hohen Mächte!

Und sie laufen! Naß und nässer
Wird's im Saal und auf den Stufen.
Welch entsetzliches Gewässer!
Herr und Meister! hör' mich rufen! –
Ach, da kommt der Meister!
Herr, die Not ist groß!
Die ich rief, die Geister,
Werd' ich nun nicht los.

»In die Ecke,
Besen! Besen!
Seid's gewesen!
Denn als Geister
Ruft euch nur, zu diesem Zwecke,
Erst hervor der alte Meister.«

Der Zauberer

Es waren zwei zarte Kinderlein,
Ein Knabe und ein Mägdelein,
Ihr Vater war ein gottloser Bub',
Er schwur die Kinder dem Teufel zu!
O höchster Gott im Himmelreich!

In einer Höhlen unbekannt,
Da lebten die Kinder im fremden Land,
Der Zauberer hatt' ein Zauberbuch,
Daran er großen Gefallen trug.
O höchster Gott im Himmelreich!

Der Knabe las im Buche gern,
Wenn oft der böse Zauberer fern,
Lernt' zaubern aus dieser Schrift,
Nur wie man einen Zauberer trifft,
O höchster Gott im Himmelreich!

»O Schwesterlein, der Böse ist aus,
Wir wollen nun in die Welt hinaus.«
Die zwei, sie eilten den lieben Tag,
So viel nur einer wandern mag.
O höchster Gott im Himmelreich!

Und da es war am Abend spat,
Der böse Geist hinter ihnen naht.
»O Bruder, jetzt sind wir verloren hier,
Der böse Geist ist nahe schier.«
O höchster Gott im Himmelreich.

Der Jüngling sprach einen argen Spruch,
Den er gelernet aus dem Buch,
Das Mädchen ward ein großer Teich,
Der Jüngling einem Fische gleich,
O höchster Gott im Himmelreich!

Der Böse ging um das Wasser rund,
Den Fisch er da nicht fangen kunnt;
Da lief er zornig nach seiner Höhl',
Ob er sich Netze holen könnt'.
O höchster Gott im Himmelreich!

Die zwei, die eilten noch einen Tag,
So viel nur einer wandern mag;
»O Bruder, jetzt sind wir verloren hier,
Der böse Geist ist nahe schier.«
O höchster Gott im Himmelreich!

Der Knabe sprach einen argen Spruch,
Den er gelernet aus dem Buch,
Das Mädchen ward da eine Kapell',
Der Knab' ein Bild auf dem Altar.
O höchster Gott im Himmelreich!

Der Böse ging um das Kirchlein rund,
Das Bild er da nicht kriegen kunnt;
Da lief er zornig nach seiner Höhl',
Ob er sich Feuer holen möcht'.
O höchster Gott im Himmelreich!

Die zwei, die eilten den dritten Tag,
So viel nur einer wandern mag;
»O Bruder, jetzt sind wir verloren hier,
Der böse Geist ist hinter dir.«
O höchster Gott im Himmelreich!

Der Knabe sprach einen argen Spruch,
Den er gelernet aus dem Buch,
Das Mägdlein war eine Tenne fest,
Der Knab' lag drauf, ein Körnlein Gerst.
O höchster Gott im Himmelreich!

Der Böse ging wohl um die Tenn',
Er sprach ein Wort, er ward eine Henn',
Er wollte schlingen die Gerste hinein,
Der Knabe sollte verloren sein.
O höchster Gott im Himmelreich!

Der Knabe sprach einen argen Spruch,
Den er gelernet aus dem Buch,
Er ward ein Fuchs da wiederum
Und drehte der Henne den Hals herum!
O höchster Gott im Himmelreich!

Joseph Freiherr von Eichendorff
1788–1857

Waldgespräch

Es ist schon spät, es wird schon kalt,
Was reitst du einsam durch den Wald?
Der Wald ist lang, du bist allein,
Du schöne Braut! Ich führ' dich heim!

»Groß ist der Männer Trug und List,
Vor Schmerz mein Herz gebrochen ist,
Wohl irrt das Waldhorn her und hin,
O flieh! Du weißt nicht, wer ich bin.«

So reich geschmückt ist Roß und Weib,
So wunderschön der junge Leib,
Jetzt kenn ich dich – Gott steh mir bei!
Du bist die Hexe Lorelei.

»Du kennst mich wohl – von hohem Stein
Schaut still mein Schloß tief in den Rhein.
Es ist schon spät, es wird schon kalt,
Kommst nimmermehr aus diesem Wald!«

Heinrich Heine
1797–1856

Ich weiß nicht, was soll es bedeuten

Ich weiß nicht, was soll es bedeuten,
Daß ich so traurig bin;
Ein Märchen aus alten Zeiten,
Das kommt mir nicht aus dem Sinn.

Die Luft ist kühl und es dunkelt,
Und ruhig fließt der Rhein;
Der Gipfel des Berges funkelt
Im Abendsonnenschein.

Die schönste Jungfrau sitzet
Dort oben wunderbar;
Ihr goldnes Geschmeide blitzet,
Sie kämmt ihr goldenes Haar.

Sie kämmt es mit goldenem Kamme
Und singt ein Lied dabei;
Das hat eine wundersame,
Gewaltige Melodei.

Den Schiffer im kleinen Schiffe
Ergreift es mit wildem Weh;
Er schaut nicht die Felsenriffe,
Er schaut nur hinauf auf die Höh.

Ich glaube, die Wellen verschlingen
Am Ende Schiffer und Kahn;
Und das hat mit ihrem Singen
Die Lore-Ley getan.

Der Rattenfänger von Hameln

Wer ist der bunte Mann im Bilde?
Er führet Böses wohl im Schilde,
Er pfeift so wild und so bedacht:
Ich hätt' mein Kind ihm nicht gebracht.

In Hameln fochten Mäus und Ratzen
Am hellen Tage mit den Katzen.
Es war viel Not; der Rat bedacht,
Wie andre Kunst zu Weg gebracht.

Da fand sich ein der Wundermann,
Mit bunten Kleidern angetan,
Pfiff Ratz und Mäus zusamm ohn Zahl,
Ersäuft sie in der Weser all.

Der Rat will ihm dafür nicht geben,
Was ihm ward zugesagt soeben;
Sie meinten, das ging gar zu leicht,
Und wär wohl gar ein Teufelsstreich.

Wie hart er auch den Rat besprochen,
Sie dräuen seinem bösen Pochen.
Er konnt zuletzt vor der Gemein
Nur auf dem Dorfe sicher sein.

Die Stadt, von solcher Not befreit,
Im großen Dankfest sich erfreut.
Im Betstuhl saßen alle Leut,
Es läuten alle Glocken weit.

Die Kinder spielten in den Gassen.
Der Wundermann durchzog die Straßen,
Er kam und pfiff zusamm geschwind
Wohl auf ein hundert schöne Kind.

Der Hirt sie sah zur Weser gehn,
Und keiner hat sie je gesehn,
Verloren sind sie an dem Tag
Zu ihrer Eltern Weh und Klag.

Im Strome schweben Irrlicht' nieder,
Die Kinder frischen drin die Glieder,
Dann pfeifet er sie wieder ein,
Für seine Kunst bezahlt zu sein.

»Ihr Leute, wenn ihr Gift wollt legen,
So hütet doch die Kinder gegen,
Das Gift ist selbst der Teufel wohl,
Der uns die lieben Kinder stohl.«

Johann Wolfgang Goethe

1749–1832

Der Rattenfänger

Ich bin der wohlbekannte Sänger,
Der vielgereiste Rattenfänger,
Den diese altberühmte Stadt
Gewiß besonders nötig hat.
Und wären's Ratten noch so viele,
Und wären Wiesel mit im Spiele;
Von allen säubr' ich diesen Ort,
Sie müssen mit einander fort.

Dann ist der gut gelaunte Sänger
Mitunter auch ein Kinderfänger,
Der selbst die wildesten bezwingt,
Wenn er die goldnen Märchen singt.
Und wären Knaben noch so trutzig,
Und wären Mädchen noch so stutzig,
In meine Saiten greif' ich ein,
Sie müssen alle hinter drein.

Dann ist der vielgewandte Sänger
Gelegentlich ein Mädchenfänger;
In keinem Städtchen langt er an,
Wo er's nicht mancher angetan.
Und wären Mädchen noch so blöde,
Und wären Weiber noch so spröde;
Doch allen wird so liebebang
Bei Zaubersaiten und Gesang.

Volksballade

Der Teufelspakt des Doktor Faust

Hört, ihr Christen, mit Verlangen
Etwas Neues ohne Graus:
Wie die eitle Welt tut prangen
Mit Johann, dem Doktor Faust.

Zu Anhalt war er geboren,
Er studiert' mit allem Fleiß;
In der Hoffart auferzogen,
Richtet sich nach alter Weis'.

Vierzigtausend Geister er zitierte
Mit Gewalt wohl aus der Höll',
Doch es war nicht einer drunter,
Der ihm recht konnt' tauglich sein.

Nur Mephisto, dem Geschwinden,
Gab er seine Seele drein,
Denn sonst keiner in der Höllen,
Welcher diesem gleich konnt' sein.

Dafür mußt' er Geld ihm schaffen,
Gold und Silber, was er nur wollt';
Er hat auch zu allen Sachen
Viele Geister hergeholt.

Zu Straßburg schoß er nach der Scheiben,
Daß er haben konnt' sein' Freud';
Tät oft nach dem Teufel schießen,
Daß er vielmals laut aufschreit.

Kegelschieben auf der Donau
War zu Regensburg sein' Freud',
Fisch zu fangen nach Verlangen
War seine Ergetzlichkeit.

Wie er an dem heil'gen Karfreitag
Nach Jerusalem kam auf die Straß',
Allwo Christus am heiligen Kreuzstamm
Hinge ohne Unterlaß.

Mephistophelus geschwinde
Mußte gleich ganz eilen fort,
Und ihm bringen drei Ellen Leinwand
Von einem gewissen Ort.

»Satan, du sollst mir jetzt abmalen
Christus an dem heiligen Kreuz,
Und dazu die fünf Wunden alle
Gib nur acht, daß dir's nicht leid;

Daß du nicht fehlst an dem Titel,
An dem heiligen Namen sein!
Wirst du dieses recht abmalen,
Sollst du mir nicht mehr dienstbar sein.«

»Dieses kann ich nicht abmalen,
Bitt dich drum, o Doktor Faust,
Ich tat dir schon großen Gefallen,
Fordre nunmehr dies nicht auch.

Denn es ist ja ganz unmöglich,
Daß ich schreib Herr Jesu Christ,
Weil ja in der ganzen Welt
Nichts heiliger zu finden ist.«

In derselben Viertelstunde
Kam ein Engel von Gott gesandt,
Der tät' ja so fröhlich singen
Mit einem englischen Lobgesang.

Solang' der Engel dagewesen,
Wollt' sich bekehren Doktor Faust;
Als er fort, tät' er sich abkehren;
Sehet an den Höllengraus!

Der Teufel hatte ihn verblendet,
Malt ein Venusbild an die Stell':
Die bösen Geister kamen eilends,
Führten ihn mit in die Höll'.

V

Von Frevelei und Höllenfahrt

Ferdinand Avenarius
1856–1923

Die Pest

Einst hat ein Mann die Pest gesehn
Frühmorgens über die Felder gehn,
Die Hähne krähten ihr heiser und schwach,
Mißtönig knurrten die Hunde ihr nach.

In einem grauen Bettelkleid,
Gebückt, so hinkte sie über die Heid,
Nach allen Seiten sorgsam dreht'
Ihr rotes Auge sie und späht' –

Und wo ein Dorf von fern sie sah,
Still nickend stehen blieb sie da
Und nestelt' hüstelnd am Gewand
Und suchte fingernd mit der Hand

Und wedelt', wie man Mücken schreckt,
Ein gelbes Tuch, mit Blut befleckt,
Dreimal und schnell, – noch einen Fluch
Murrend, dann barg sie rasch ihr Tuch.

Und weiter hinkte sie am Stab:
Wohin sie stieß, sank's ein zum Grab,
Wohin sie winkte, Haus um Haus
Starb Dorf um Dorf zum Abend aus.

Theodor Fontane
1819–1898

Maria und Bothwell

König Darnley liegt erschlagen,
Graf Bothwell hat es getan;
Sechs Lords von Schottland tragen
Die Leiche nach Sankt Alban,
Sie stellen bei Fackelscheine
Den Sarg an den Altar hin –
Von Trauernden fehlt nur *eine*,
Maria, die Königin.

Die sitzet daheim im Schlosse,
In funkelnder Nische des Saals,
Auf dem Sammetpfühl ihr Genosse
Ist der Mörder ihres Gemahls;
Dem Lande kleidet die Trauer,
Der Königin kleidet die Lust,
Kalt-heiße Wonneschauer
Durchrieseln ihre Brust.

Sie spricht verlockenden Schalles:
»Nun komm und küsse dich rot,
Ich danke dir alles, alles,
Mein Leben und – *seinen* Tod;

O schau nicht so fragend und bange,
Schau lieber wie sonst mich an,
Leg ab die blasse Wange –
Getan ist, was getan.«

Die Kerzen brennen wie lüstern
Und geben schwülen Hauch,
Immer leiser wird das Flüstern,
Nun schweigt das Flüstern auch,
Ihr Atem lodert zusammen,
Wie Glut und Glut sich mischt,
Bis mählich in Flackerflammen
So Lust wie Licht erlischt.

Still wird's; nur Mondeslichter
Durchhuschen noch bleich den Saal,
Es schlummern, wie Totengesichter,
Graf Bothwell und sein Gemahl.
Sie schlummern; des Windes Weise
Erstirbt im hohen Kamin,
An den Wänden, hastig-leise,
Schatten vorüberfliehn.

Und hastiger wird ihr Treiben,
Schon graut und dämmert der Tag,
Da schlägt's an die klirrenden Scheiben
Wie flatternder Flügelschlag;
Auf fahren die zwei vom Kissen,
Verstört an Haar und Sinn;
Im Traume ward wach ihr Gewissen,
Und es murmelt die Königin:

»Hilf, Himmel, ich sah die Meinen
Landflüchtig, der Zügel beraubt,
Der fallenden Krone des einen
Nach rollte sein fallendes Haupt,
Und wie Donner durch meine Seele
Ging zürnend das alte Lied:
Ich räch' alle Schuld und Fehle
Bis in das vierte Glied.«

Maria hat es gesprochen,
Graf Bothwell hört es kaum,
Seine Schläfen pulsen und pochen,
Er denkt an den eigenen Traum,

Er spricht unter Starren und Stocken:
»Sie grüßte, dann betete sie,
Ab schnitt ihr der Henker die Locken –
Ach, *deine* Locken, Marie.«

Graf Bothwell hat es gesprochen,
Maria hört ihn kaum,
Ihre Schläfen pulsen und pochen,
Sie denkt an den eigenen Traum,
Stumm blicken die Buhlergatten
Sich an so blaß, so bang –
König Darnleys blutiger Schatten
Schreitet den Saal entlang.

Eduard Mörike
1804–1875

Der Schatten

Von Dienern wimmelt's früh vor Tag,
Von Lichtern in des Grafen Schloß.
Die Reiter warten sein am Tor,
Es wiehert morgendlich sein Roß.

Doch er bei seiner Frauen steht
Alleine noch im hohen Saal,
Mit Augen gramvoll prüft er sie,
Er spricht sie an zum letztenmal:

»Wirst du, derweil ich ferne bin
Bei des Erlösers Grab, o Weib,
In Züchten leben und getreu
Mir sparen deinen jungen Leib?

Wirst du verschließen Tür und Tor
Dem Manne, der uns lang entzweit,
Wirst meines Hauses Ehre sein,
Wie du nicht warest jederzeit?«

Sie nickt. Da spricht er: »Schwöre denn!«
Und zögernd hebt sie auf die Hand.
Da sieht er bei der Lampe Schein
Des Weibes Schatten an der Wand.

Ein Schauer ihn befällt; er sinnt,
Er seufzt und wendet sich zumal.
Er winkt ihr einen Scheidegruß
Und lässet sie allein im Saal.

Elf Tage war er auf der Fahrt,
Ritt krank ins welsche Land hinein:
Frau Hilde gab den Tod ihm mit
In einem giftigen Becher Wein.

Es liegt eine Herberg an der Straß'
Im wilden Tal, heißt Mutintal,
Da fiel er hin in Todesnot
Und seine Seele Gott befahl.

Dieselbe Nacht Frau Hilde lauscht,
Frau Hilde luget vom Altan:
Nach ihrem Buhlen schaut sie aus;
Das Pförtlein war ihm aufgetan.

Es tut einen Schlag am vordern Tor
Und aber einen Schlag, daß es dröhnt und hallt:
Im Burghof mitten steht der Graf;
Vom Turm der Wächter kennt ihn bald.

Und Vogt und Zofen auf dem Gang
Den toten Herrn mit Grausen sehn,
Sehn ihn die Stiegen stracks herauf
Nach seiner Frauen Kammer gehn.

Man hört sie schreien und stürzen hin,
Und eine jähe Stille war.
Das Gesinde, das flieht, auf die Zinnen es flieht:
Da scheinen am Himmel die Sterne so klar.

Und als vergangen war die Nacht
Und stand am Wald das Morgenrot,
Sie fanden das Weib in dem Gemach
Am Bettfuß unten liegen tot.

Und als sie treten in den Saal,
O Wunder! steht an weißer Wand
Frau Hildes Schatten, hebet steif
Drei Finger an der rechten Hand.

Und da man ihren Leib begrub,
Der Schatten blieb am selben Ort
Und blieb, bis daß die Burg zerfiel;
Wohl stünd' er sonst noch heute dort.

Die Braut aus dem Grabe

»So allein wanderst du?
Schon ist Mitternacht vorüber,
Regenwolken ziehn herüber;
Mädchen geh zur Ruh.«

»Ruhen kann ich nicht allein!
Denn mein Geliebter hat versprochen,
Heute bei mir anzupochen:
Ruhen kann ich nicht allein!«

»Ruhen sollst du nicht allein!
Hat dein Buhle dir gelogen,
Nun, so sei er auch betrogen,
Bring mich in dein Kämmerlein!«

»Bringen will ich dich dahin;
Eng ist's nur, mißt kaum drei Schritte,
Aber Ruh in seiner Mitte,
Ringsum blüht der Rosmarin.«

»Wie das Leichhuhn ängstlich ruft!
Wie die Winde schaurig blasen!
Ist das nicht der Kirchhof-Rasen?
Ha! ich wittre Gräberduft!«

»Sieh, hier ist mein Schlafgemach,
Eng und klein und still und düster:
Sieh, da stört uns kein Geflüster,
Und da wohnt kein Weh und Ach!«

»Weh, dies ist Luisens Grab,
Die ich treulos einst verlassen!
Mädchen, mußt mich nicht umfassen!
Weh, du ziehst mich ja hinab!«

»Sieh, Luise steht vor dir!
Hast mich ja zur Braut gewählet;
Komm, der Tod hat uns vermählet,
Komm und schlummre nun bei mir!«

Heinrich Heine
1797–1856

Belsatzar

Die Mitternacht zog näher schon;
In stummer Ruh lag Babylon.

Nur oben in des Königs Schloß,
Da flackert's, da lärmt des Königs Troß.

Dort oben in dem Königssaal,
Belsatzar hielt sein Königsmahl.

Die Knechte saßen in schimmernden Reih'n,
Und leerten die Becher mit funkelndem Wein.

Es klirrten die Becher, es jauchzten die Knecht';
So klang es dem störrigen Könige recht.

Des Königs Wangen leuchten Glut;
Im Wein erwuchs ihm kecker Mut.

Und blindlings reißt der Mut ihn fort;
Und er lästert die Gottheit mit sündigem Wort.

Und er brüstet sich frech, und lästert wild;
Die Knechtenschar ihm Beifall brüllt.

Der König rief mit stolzem Blick;
Der Diener eilt und kehrt zurück.

Er trug viel gülden Gerät auf dem Haupt;
Das war aus dem Tempel Jehovahs geraubt.

Und der König ergriff mit frevler Hand
Einen heiligen Becher, gefüllt bis am Rand'.

Und er leert ihn hastig bis auf den Grund,
Und rufet laut mit schäumendem Mund:

»Jehovah! dir künd' ich auf ewig Hohn, –
Ich bin der König von Babylon!«

Doch kaum das grause Wort verklang,
Dem König ward's heimlich im Busen bang.

Das gellende Lachen verstummte zumal;
Es wurde leichenstill im Saal.

Und sieh! und sieh! an weißer Wand
Da kam's hervor wie Menschenhand.

Und schrieb, und schrieb an weißer Wand
Buchstaben von Feuer, und schrieb und schwand.

Der König stieren Blicks da saß,
Mit schlotternden Knien und totenblaß.

Die Knechtenschar saß kalt durchgraut,
Und saß gar still, gab keinen Laut.

Die Magier kamen, doch keiner verstand
Zu deuten die Flammenschrift an der Wand. –

Belsatzar ward aber in selbiger Nacht
Von seinen Knechten umgebracht.

Ludwig Uhland

1787–1862

Des Sängers Fluch

Es stand in alten Zeiten ein Schloß so hoch und hehr,
Weit glänzt' es über die Lande bis an das blaue Meer,
Und rings von duft'gen Gärten ein blütenreicher
Kranz,
Drin sprangen frische Brunnen in Regenbogenglanz.

Dort saß ein stolzer König, an Land und Siegen reich,
Er saß auf seinem Throne so finster und so bleich;
Denn was er sinnt, ist Schrecken, und was er blickt, ist
Wut,
Und was er spricht, ist Geißel, und was er schreibt, ist
Blut.

Einst zog nach diesem Schlosse ein edles Sängerpaar,
Der ein' in goldnen Locken, der andre grau von Haar;
Der Alte mit der Harfe, der saß auf schmuckem Roß,
Es schritt ihm frisch zur Seite der blühende Genoß.

Der Alte sprach zum Jungen: »Nun sei bereit, mein
Sohn!
Denk' unsrer tiefsten Lieder, stimm' an den vollsten
Ton!

Nimm alle Kraft zusammen, die Lust und auch den
Schmerz!
Es gilt uns heut', zu rühren des Königs steinern
Herz.«

Schon stehn die beiden Sänger im hohen Säulensaal,
Und auf dem Throne sitzen der König und sein
Gemahl;
Der König furchtbar prächtig wie blut'ger
Nordlichtschein,
Die Königin süß und milde, als blickte Vollmond
drein.

Da schlug der Greis die Saiten, er schlug sie
wundervoll,
Daß reicher, immer reicher der Klang zum Ohre
schwoll,
Dann strömte himmlisch helle des Jünglings Stimme
vor,
Des Alten Sang dazwischen wie dumpfer Geisterchor.

Sie singen von Lenz und Liebe, von sel'ger, goldner
Zeit,
Von Freiheit, Männerwürde, von Treu' und Heiligkeit;
Sie singen von allem Süßen, was Menschenbrust
durchbebt,
Sie singen von allem Hohen, was Menschenherz
erhebt.

Die Höflingsschar im Kreise verlernet jeden Spott,
Des Königs trotz'ge Krieger, sie beugen sich vor Gott,
Die Königin, zerflossen in Wehmut und in Lust,
Sie wirft den Sängern nieder die Rose von ihrer Brust.

»Ihr habt mein Volk verführet, verlockt ihr nun mein
Weib?«
Der König schreit es wütend, er bebt am ganzen Leib.
Er wirft sein Schwert, das blitzend des Jünglings Brust
durchdringt,
Draus statt der goldnen Lieder ein Blutstrahl hochauf
springt.

Und wie vom Sturm zerstoben ist all der Hörer
Schwarm,
Der Jüngling hat verröchelt in seines Meisters Arm,
Der schlägt um ihn den Mantel und setzt ihn auf das
Roß,
Er bind't ihn aufrecht feste, verläßt mit ihm das Schloß.

Doch vor dem hohen Tore, da hält der Sängergreis,
Da faßt er seine Harfe, sie, aller Harfen Preis,
An einer Marmorsäule, da hat er sie zerschellt,
Dann ruft er, daß es schaurig durch Schloß und Gärten
gellt:

»Weh' euch, ihr stolzen Hallen! Nie töne süßer Klang
Durch eure Räume wieder, nie Saite noch Gesang,
Nein! Seufzer nur und Stöhnen und scheuer
Sklavenschritt,
Bis euch zu Schutt und Moder der Rachegeist zertritt!

Weh' euch, ihr duft'gen Gärten im holden Maienlicht!
Euch zeig' ich dieses Toten entstelltes Angesicht,
Daß ihr darob verdorret, daß jeder Quell versiegt,
Daß ihr in künft'gen Tagen versteint, verödet liegt.

Weh' dir, verruchter Mörder, du Fluch des
Sängertums!
Umsonst sei all dein Ringen nach Kränzen blut'gen
Ruhms,
Dein Name sei vergessen, in ew'ge Nacht getaucht,
Sei, wie ein letztes Röcheln, in leere Luft verhaucht!«

Der Alte hat's gerufen, der Himmel hat's gehört,
Die Mauern liegen nieder, die Hallen sind zerstört,
Noch *eine* hohe Säule zeugt von verschwund'ner
Pracht:
Auch diese, schon geborsten, kann stürzen über
Nacht.

Und rings statt duft'ger Gärten ein ödes Heideland,
Kein Baum verstreuet Schatten, kein Quell durchdringt den Sand,
Des Königs Namen meldet kein Lied, kein Heldenbuch;
Versunken und vergessen! Das ist des Sängers Fluch.

Drei Mörderinnen

Es sitzen drei Schwestern im Schlosse drinnen,
Sie können nicht Ruh und Rast gewinnen,
Zweihundert Jahr schon müssen sie spinnen,
Sie müssen spinnen ihr eisgraues Haar,
Bis daß vergangen dreihundert Jahr –
Dreihundert Jahr – dreihundert Jahr.

Die erste hat den Vater erschlagen,
Die andre hat ihre Mutter erschlagen,
Die jüngste, die faßte die Toten bei den Haaren,
Bei ihrem schneeweißen Lockenhaar,
Und stürzte die Leiber in den Brunnen gar –
In den Brunnen gar – in den Brunnen gar.

In ihrer Hand verblieben die Locken.
Da läuteten traurig alle Glocken;
Zwei Schwestern wandten sich um erschrocken,
Die jüngste wand mit ihrer Hand
Die schneeweißen Locken ums Spindelband –
Ums Spindelband – ums Spindelband.

»Laßt sausen die Glocken, wir hausen hier innen!
Es soll uns so wenig abgewinnen,
Als ich dies schneeweiße Haar werd spinnen.
Sind wirs im Hause itzt nicht die Herrn?
Trutz, wer uns will Hochzeit verwehrn!
Hochzeit verwehrn – Hochzeit verwehrn!«

Sie hielten Hochzeit mit großem Schalle,
Es eilten der Gäste viel zur Halle,
Zu erlustieren sich nach Gefallen;
Drommeten und Geigen riefen herein,
Es ward ein groß Rumor und Schrein –
Rumor und Schrein – Rumor und Schrein.

Drei güldne Kronen trugen die Bräute,
Als sie den Weg zur Kirche beschreiten,
Alle Glocken huben von selbst an zu läuten:
Da kam ein starker Donnerschlag,
Wie Nacht so schwarz ward da der Tag –
Ward da der Tag – ward da der Tag.

Das Schloß versank im Erdengrunde,
Der Teufel schrie mit feurigem Munde:
»Sollt ruhn und rasten nicht Tag, nicht Stunde,
Bis ihr versponnen eu'r eisgraues Haar,
Bis abgelaufen dreihundert Jahr –
Dreihundert Jahr – dreihundert Jahr!«

Alljährlich an dem gleichen Tage
Die Glocken von selber zusammenschlagen,
Der Berg eröffnet seinen Kragen,
Man sieht die Schwestern spinnen dar,
Bis daß vergangen dreihundert Jahr –
Dreihundert Jahr – dreihundert Jahr! …

Gustav Schwab

1792–1850

Der Mörderturm

Zu Würzburg steht ein grauer Turm
Weit ab vom lust'gen Maine,
In seinen Balken pickt der Wurm,
Es nagt das Moos am Steine.

Die hohle Brust durchröchelt schwach
Ein rostig Uhrwerk stöhnend,
Sein Stundenschlag ist auch noch wach,
Doch nur die Zeit verhöhnend.

Denn wenn die Glocken alle ruhn
Ein Viertel vor der Stunde,
Beginnt er ein verkehrtes Tun
Mit eh'rnem Lügenmunde.

Ob seinem frühen Schlage quält
Sich, was auf Märkten handelt,
Der Kranke, der die Stunden zählt,
Der Reisende, der wandelt.

Wie dulden es die Städter nur,
Den Trüger stets zu hören?

So wißt: sie mögen seiner Uhr
Den alten Fluch nicht stören.

Denn in dem dreißigjähr'gen Sturm,
Im langen Jammerkriege,
Da ward der falsche Schwedenturm
Einst eines Greuels Wiege.

Verschwörer saßen dort versteckt
In seiner Glockenstube;
Ein dumpfer Streich ward ausgeheckt
In luft'ger Mördergrube.

Als drauf die Stadt voll Frieden schlief,
Die unbewehrte Rechte
In sichrem Schlummer senkten tief
Des Reiches treue Knechte,

Ein Viertel hub vor Mitternacht
Der Turm an irr zu reden:
Zwölf Schläge dröhnten da mit Macht,
Laut riefen sie dem Schweden.

Und der verstand das Zeichen wohl,
Ein Pförtlein fand er offen,
Das Blut in allen Kammern quoll,
Die Schlummerkissen troffen.

Der Strom empfing, als tiefes Grab,
Der Leichen schwer Gerölle;
Doch Jubel scholl vom Turm herab,
Hoch oben jauchzt die Hölle.

Ihr Sieg war kurz, ihr Stachel ward
Geknickt durch schnelle Rache;
Dem Turm verräterischer Art
Ließ man des Truges Sprache.

Im Räderwerk der Wahnsinn knarrt;
So steht er grau, zerfallen,
Muß, bis man ihn als Schutt verscharrt,
Von seiner Sünde lallen.

Emanuel Geibel
1815–1884

Der reiche Mann von Köln

Zu Köln ein reicher Kaufherr saß,
Der hatt' ein Herz von Eisen;
Er lebte dahin in Saus und Braus,
Und drückte Witwen und Waisen.

Er zählte sein Silber und wog sein Gold
Und lachte dazu im stillen;
Der Richter bog um Gunst und Geld
Das Recht nach seinem Willen.

Da war ein Mägdlein in der Stadt,
Ein Kind von jungen Jahren,
Er trieb es fort von Haus und Hof
Mit grimmigem Gebaren.

Und als der Schnee im Winter fiel
Und ging der Rhein mit Eise,
Ihn jammerte nicht des Kindes Not,
Das hatte nicht Kleid noch Speise.

Und als der Frühling kam ins Land,
Die Vöglein sangen mit Schalle:

Sie fanden das Mägdlein morgens tot.
Auf einer Streu im Stalle.

Sie trugen es fort und gruben es ein
Am Friedhof auf der Wiese;
Die Seele ging in Sankt Michaels Schoß
Hinauf zum Paradiese.

Den Tag danach der Kaufmann ritt
Wohl lachend daher im Trabe,
Da standen drei Lilien weiß wie Schnee,
Gewachsen auf dem Grabe;

Da standen drei Lilien weiß wie Schnee,
Im Winde die Blumen gingen;
Ein Vöglein schwang vom Hügel sich auf,
Im Flug hub's an zu singen:

»Herr Marx von Köln, Herr Marx von Köln,
Wie bleich ist dein Gesichte!
Du bist ein Mörder, Herr Marx von Köln,
Ich lade dich zu Gerichte.«

Dem Kaufherrn wohl das Lachen verging,
Sein Mut war all verloren;
Er wandte sein Roß und jagte nach Haus,
Vom Blute troffen die Sporen.

Er mochte nicht nehmen Speise noch Trank
Vor ängstlichen Gedanken;
Wohin er schaut' in Saal und Hof,
Drei Lilien sah er schwanken;

Und als er nachts auf dem Kissen lag,
Keinen Schlaf konnt' er erzwingen:
Sobald ihm fielen die Augen zu,
Hört' er das Vöglein singen.

»Ach helft mir, helft mir, lieber Arzt!
Ich will's euch neunfach zahlen,
Mir brennt's im Herzen wie höllisch Feu'r;
Helft mir von diesen Qualen!«

Wohl ging der Arzt, mit Sorg' und Fleiß
Manch bittern Trank zu mischen;

Es tat nicht gut, es tat nicht schlimm,
Das Vöglein sang dazwischen:

»Herr Marx von Köln, an deiner Sünd'
Wird alle Kunst zunichte!
Du bist ein Mörder, Herr Marx von Köln!
Ich lade dich zu Gerichte.«

Und um die dritte Mitternacht
Ging an der Tür ein Klopfen;
Den Kranken trieb's vom Lager auf,
Ihm floß die Stirn von Tropfen.

Und als seine Hand den Riegel schob,
Sie flog vor Angst und Schmerze;
Und als die Tür in den Angeln ging,
Ein Zug blies aus die Kerze.

Der draußen stand, das war der Tod;
Er nahm Herrn Marx von Köllen,
Er setzt' ihn auf sein aschfarb Roß
Und fuhr mit ihm zur Höllen.

Wilhelm Busch
1832–1908

Der Geist

Es war ein Mägdlein froh und keck,
Stets lacht' ihr Rosenmund,
Ihr schien die Liebe Lebenszweck
Und alles andre Schund.

Sie denkt an nichts als an Pläsier,
Seitdem die Mutter tot,
Sie lacht und liebt, obgleich es ihr
Der Vater oft verbot.

Einst hat sie frech und unbedacht
Den Schatz, der ihr gefällt,
Sich für die Zeit um Mitternacht
Zum Kirchhof hinbestellt.

Und als sie kam zum Stelldichein,
O hört, was sich begab,
Da stand ein Geist im Mondenschein
Auf ihrer Mutter Grab.

Er steht so starr, er steht so stumm,
Er blickt so kummervoll.
Das Mägdlein dreht sich schaudernd um
Und rennt nach Haus wie toll.

Es wird, wer einen Geist gesehn,
Nie mehr des Lebens froh.
Er fühlt, es ist um ihn geschehn.
Dem Mägdlein ging es so.

Sie welkt dahin, sie will und mag
Nicht mehr zu Spiel und Tanz.
Man flocht ihr um Johannistag
Bereits den Totenkranz.

Zu dieser Ausgabe

Schaurig-schöne Balladen: Der Titel ist Programm. Denn rasch war beim Sammeln erkennbar, mit wie viel Spaß und Raffinement die Dichter ihre Leser in die mystisch vernebelte Wunderwelt der Moorgespenster, Hexen, Zauberer, Geisterreiter, Teufelsbündler und Totentänzer lockten, wie engagiert sie darauf abzielten, Lesevergnügen und behaglichen Nervenkitzel zu bieten.

Gottfried August Bürger gab gleich eine Gebrauchsanweisung für seine Ballade »Lenore«: »Wenn Sie solche unseren Göttingischen Freunden zum erstenmal vorlesen, so borgen Sie einen Totenkopf von einem Mediziner, setzen solchen an eine trübe Lampe, und dann lesen Sie. So sollen allen die Haare wie bei ›Macbeth‹ zu Berge stehen«, schrieb er seinem Freund Heinrich Christian Boie am 6. Mai 1773. Seine Schilderung des Geisterritts hat Bürger selbst als poetischen Geniestreich empfunden. »Ist's möglich, dass Menschen-Sinne so 'was köstliches erdenken können!«, bejubelte er sich in einem Brief an Boie, und: »Alle, die nach mir Balladen machen, werden meine unzweifelhaften Vasallen sein und ihren Ton von mir zu Lehen tragen.«

Das ist zwar etwas überspitzt formuliert und entspricht der Selbsteinschätzung eines Dichters, der sich »Dschingis Khan der Ballade« nannte. Tatsache ist jedoch – und deshalb soll auf die populärste deutsche Geisterballade hier besonders eingegangen werden –, dass »Lenore« die Balladendichtung revolutioniert hat und als »Mutter der Kunstballade« apostrophiert wird.

Das erklärt sich so: In Deutschland dominierten damals sowohl die monoton rhythmisierten Bänkellieder trivialen Inhalts, die auf Jahrmärkten deklamiert oder gesungen wurden, als auch die poesievollen Volksballaden anonymer Dichter, mündlich überliefert und meist »zersungen«. Sie waren formal gekennzeichnet durch sprunghafte, verkürzende Erzählweise und zwanglosen Umgang mit dem Versmaß. Vorgetragen wurden sie überwiegend in Wirtshäusern, auf Dorfplätzen, in Spinnstuben oder in der Küche.

Stofflich war Gottfried August Bürger den Traditionen der deutschen Volkspoesie nahe und auch beeinflusst von einer englischen Sammlung epischer Volkslieder (›Reliques of Ancient English Poetry‹). Stilistisch indes setzte er sich in »Lenore« davon ab durch architektonisch wohlgeführten Aufbau, energische Rhythmisierung, reimtechnische Disziplin und Lautmalerei, Spannungssteigerung und Handlungsablauf nach den Gesetzen des Dramas. – Das literarische Muster für die Kunstballade war geschaffen!

»Bürgers ›Lenore‹, damals frisch bekannt und mit Enthusiasmus von den Deutschen aufgenommen« (Goethe in ›Dichtung und Wahrheit‹) eroberte nun die Salons der Aristokratie und Bildungsbürger, wo sie zum

Vorleseprogramm höherer Töchter gehörte. »Auch ich«, so Goethe, »war sie zu deklamieren bereit.«

Es ist erstaunlich und spricht für ihre Volksnähe, dass »Lenore« sogar auf Jahrmärkten geschmettert wurde. Allerdings übersprangen die Bänkelsänger einige Strophen, um den Geisterritt schnellstens ins Spiel zu bringen: »Graut Liebchen auch? – Der Mond scheint hell! Hurra! die Toten reiten schnell!«

Unabhängig von ihrer Wirkung auf die Balladenliteratur ganz allgemein hat »Lenore« direkt oder indirekt Anstoß gegeben zu einem Boom naturmagischer und gespenstischer Balladen, von dem auch diese Sammlung reichen Gebrauch machen kann.

Neben »Lenore« sind die berühmtesten schaurigschönen Balladen enthalten wie Goethes »Erlkönig«, »Der Fischer« oder »Der Zauberlehrling«, Eduard Mörikes »Die Geister vom Mummelsee«, Joseph von Eichendorffs »Reiter in der Nacht« oder Annette von Droste-Hülshoffs »Der Knabe im Moor«, um nur ein paar Beispiele zu nennen. Zudem können bei der Suche nach versunkenen Schätzen der Gruselpoesie unbekannte Werke entdeckt werden – darunter einige Volksballaden anonymer Autoren und weniger bekannte Werke bedeutender Dichter wie Heinrich Heines »Pfalzgräfin Jutta« oder Emanuel Geibels »Der reiche Mann von Köln«.

Und Wilhelm Busch! Wer weiß schon, dass der große Humorist, geistiger Vater von Max und Moritz, engagierter Kritiker von Staat und spießbürgerlicher

Doppelmoral –, dass dieser Wilhelm Busch auch Geisterballaden geschrieben hat? »Verwunschen« zum Beispiel, die Geschichte vom Ritterfräulein Kunigund. Seine Absicht: Er wollte die damals übliche Zwangsverheiratung höherer Töchter verteufeln – auf schaurig-schöne Weise.

Walter Hansen

Verzeichnis der Gedichtüberschriften